Collection MONSIEUR

Mr. Men Little Miss

Monsieur
TATILLON

Roger Hargreaves

HACHETTE
Jeunesse

Monsieur Tatillon avait horreur du désordre.

Tout, absolument tout, devait être bien propre
et bien rangé.

Monsieur Tatillon passait des journées entières
à astiquer ses meubles,
à épousseter les moindres recoins de sa maison,
et à rectifier l'alignement
des fleurs de son jardin.

Ce matin-là,
monsieur Tatillon préparait son petit déjeuner.
Soigneusement.

Il était très difficile sur la nourriture.

Il ouvrit le pot de confiture.

– Pouah! il y a des morceaux! s'écria-t-il.

Et il passa plus de deux heures
à enlever les morceaux d'abricot.
Soigneusement.

Ah! il en faisait, des chichis!

Ensuite, monsieur Tatillon alla dans son jardin.

Et il passa des heures
et des heures à redresser
les brins d'herbe de sa pelouse.

Ce qu'il était tatillon !

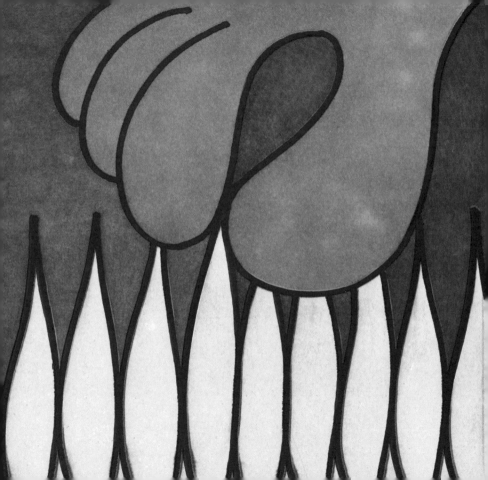

Cet après-midi-là,
monsieur Tatillon était dans sa cuisine,
occupé à repasser les lacets de ses chaussures,
quand il entendit un grand bruit dans le jardin.

Il ouvrit la porte pour voir ce qui se passait.

A l'entrée du jardin,
tenant le portail dans une main
et une valise cabossée dans l'autre,
un sourire penaud aux lèvres, venait d'arriver...

Monsieur Maladroit !

– Heu... dit-il en montrant le portail.
Il m'est resté dans la main !

Monsieur Tatillon le regarda d'un air horrifié.
Il grommela :
– Qui êtes-vous ?

– Monsieur Maladroit, répondit le visiteur.

Il s'avança pour serrer la main de monsieur Tatillon.
Mais il trébucha
et tomba tête la première sur la pelouse.

– Ma pelouse! Mes brins d'herbe!
Vous les avez écrasés!

Monsieur Tatillon se mit à quatre pattes
pour redresser les brins d'herbe.
Ce faisant, il demanda :

– Mais enfin, qui êtes-vous?

– Je suis votre cousin, répondit monsieur Maladroit.
Votre cousin d'Amérique.
J'avais envie de vous connaître.

– Vous n'êtes pas content de me voir?
ajouta gaiement monsieur Maladroit.

Il se releva en écrasant une ou deux fleurs,
et ramassa sa valise en piétinant encore
une ou deux fleurs... ou trois.

Monsieur Tatillon ne semblait pas du tout content
de le voir.
– Ne restons pas dans le jardin, marmonna-t-il.

Monsieur Maladroit s'arrêta devant la porte
et regarda à l'intérieur.

– Dites donc ! C'est impeccable chez vous !
s'exclama-t-il.

Il entra, se prit les pieds dans ses lacets
(ça lui arrivait souvent),
se cogna contre une chaise, lâcha sa valise
et s'écroula par terre.

– Heu... dit-il.

Monsieur Tatillon ferma les yeux
et poussa un long soupir.

Ce soir-là, après le dîner,
monsieur Maladroit voulut aider monsieur Tatillon
à faire la vaisselle.
Résultat : deux assiettes cassées.

Un peu plus tard,
monsieur Tatillon et monsieur Maladroit s'assirent
pour bavarder.

Monsieur Tatillon s'assit bien convenablement
dans son fauteuil
et monsieur Maladroit se vautra sur le sien.

– Combien de temps allez-vous rester?
demanda monsieur Tatillon.

– Je ne sais pas, répondit monsieur Maladroit.
Quelques jours.
Une semaine. Un an... je ne suis pas encore décidé.

Le lendemain matin,
quand monsieur Tatillon entra dans la salle de bains,
il eut le souffle coupé.

– Oh non! s'écria-t-il.

Oh si!
Monsieur Maladroit était déjà passé par là.

Les serviettes étaient roulées en boule.

La baignoire débordait.

Le sol était inondé.

Le tube de dentifrice était écrasé par terre.

Monsieur Tatillon s'empressa de nettoyer
et de remettre tout en ordre.

Vite, vite, monsieur Tatillon descendit l'escalier.

Son cousin l'accueillit avec un large sourire.

– Bonjour! dit-il. J'ai préparé le petit déjeuner.
Vous pouvez vous asseoir.

Il y avait une pagaille effroyable dans la cuisine
et dans la salle à manger.

– J'ai fait des œufs au plat!

Monsieur Maladroit apporta les œufs
(bien sûr, les jaunes étaient crevés).
Il se prit les pieds dans ses lacets...

Les œufs volèrent dans la pièce
et atterrirent sur la tête de monsieur Tatillon.
Des œufs au plat bien gras et bien gluants!

– Heu... dit monsieur Maladroit.

Au bout d'une semaine, la maison
de monsieur Tatillon avait beaucoup changé.

Elle était même complètement transformée.

Au bout de deux semaines,
monsieur Maladroit décida de s'en aller.

– Merci de m'avoir si bien reçu, dit-il.

– C'était un plaisir pour moi,
répondit poliment monsieur Tatillon.

En réalité, il pensait :
«C'est un plaisir de vous voir partir.»

– Au revoir, dit monsieur Maladroit.

– Bon voyage, répondit monsieur Tatillon.
Mais il pensait : «Bon débarras!»

Pendant les jours qui suivirent,
monsieur Tatillon fut plus affairé que jamais.

Il nettoya, rangea, répara, astiqua, tria, classa,
essuya, balaya, lessiva...
il épousseta même les fleurs du jardin !

Un après-midi,
monsieur Tatillon était dans sa cuisine,
occupé à cirer la coquille d'un œuf,
quand il entendit un grand bruit dans le jardin.
Il poussa un gémissement.

– Oh non! Pas monsieur Maladroit!
Ça ne peut pas être lui!
Ça ne doit pas être lui! Ce n'est pas lui!

Eh bien, non. Ce n'était pas monsieur Maladroit.

C'était quelqu'un d'autre.

Quelqu'un qui avait défoncé le portail
en voulant entrer dans le jardin.

Quelqu'un qui n'avait vraiment pas de chance...

– Bonjour! dit monsieur Malchance.
Je ne vous dérange pas?

RÉUNIS VITE LA COLLECTION ENTIÈRE DE **MONSIEUR MADAME**, UNE FRISE-SURPRISE APPARAÎTRA !

Traduction : Jeanne Bouniort
Révision : Évelyne Lallemand
Dépôt légal : Août 2008
22.33.4850-07/8 - ISBN : 978-2-01-224850-2
Loi n° 49-956 du 16 juillet 1949 sur les publications destinées à la jeunesse.
Imprimé et relié en France par I.M.E.